かぎろひ

北門笙

目次

東の空が青、紫、オレンジと変幻する夜明け前、昇り立つ光のことを万葉の昔、〈炎《かぎろひ》〉と呼んだという。

闇から光へと支配が切り替わる瞬間の神々しさは例えようもない。

東日本大震災から早十年、三陸から磐城《いわき》に至る海岸線は漸《ようや》く〈炎〉の時を迎えつつある。

海辺に山積した瓦礫《がれき》はきれいに片付けられ、平らな砂浜と海原が視界に広がる。

あの日の恐怖を風化させぬよう、共に受け継いでいきたい。

ただ、被災者の生活や環境が元通りになったわけではなく、心の痛手もまだ消え去ってはいない。

悲しみが記憶に留まることの辛《つら》さ……。

きっと〈歌〉が寄り添ってくれる。

火山帯と台風圏に位置する日本は、過去幾度となく災害に見舞われてきた。

そして、歌い、綴《つづ》りながら苦しみを乗り越えてきた。

私たちの死生観は、歌と自然との対話の中で作られてきたのだ。

いま、死から生へと、また歌で切り拓く時が訪れている。

波静かな輝きの朝、災害で亡くなられた方々の霊魂に唱詩を捧げたい。

イラスト　平きょうこ
装幀　松本孝一

かぎろひ

水平線

晴れた日に海を眺めていると、空との境界が円弧を描いているのがよく分かる。

いつも不思議なのは、水平線が私の目線と同じくらいの高さに横たわっていることだ。

海は地球を覆って丸く広がり、沖の先ほどなだらかに下っていくのだから、水平線も本当はもっと下の方に在っていい。

なのに、足元の磯の岩場や打ち寄せる波よりも、ずっと上の方に見える。

海全体が膨らんだり、せり上がっているはずもない。

遠近法による錯覚のせいだと頭では分かる。

が、実は人の目は自己中心的にできている。

自分でも気付かぬうちに、自分に都合のいいように、そして自分の見やすい位置へと呼び寄せているに違いない。

いや、私に何かを伝えたくて、水平線の方から勝手に寄り添って来ているのかも知れない。

そんなことを考えているうちに、水平線もそろそろ疲れてきたようだ。

空と海との境界はすっかりぼやけてしまった。

朝まだき夏の海
目の高さに
うかんでいる

わたしより
ひくいはずなのに
わたしより
ねむいはずなのに

しろいヨットも
くろい海鳥も
やさしさにいだかれて

みんなゆれている

風あそぶ丘の上
目の高さに
ついてくる

あなたより
とおいはずなのに
あなたより
ふかいはずなのに

しろいヨットも

くろい海鳥も
やさしさにいだかれて
みんなゆれている
午《ひる》下《さ》がりの空の果て
目の高さに
かすんでいる

わたしより
つよいはずなのに
わたしより
よわいはずなのに

アルタミラ

二万年から一万数千年もの昔、スペイン・アルタミラの洞窟に描かれた赤いバイソン（野牛）の群れ。

氷河期も乗り越えたクロマニヨン人が、太陽光の届かぬ暗い洞窟で松明を灯しながら、草原で見た感動を絵にした。

その後、人類は気が遠くなるほど長い時空を生き抜き、

現代文明を築き上げてきた。

グルメもファッションも高層ビルも宇宙開発も、物質的

には進歩と進化が少しずつ積み重ねられた果てに今日《こんにち》がある。

しかし、人の心は、太古から今に至るも実は何も変わらず、脈々と受け継がれている。

オフィス街を歩いていて、ガラスドアに映ったスーツ姿の自分を見た時、記憶の奥底に潜む何かがふと脳裏をかすめることがある。

思い出そうにも思い出せないが、原始の頃と〈同じ私〉が、そこにいる。

服装だけ変えたまま、ずっと歩き続けている。

ひとは
だれも心の奥底に
かくしもってるものがある

ひとは
なぜか記憶の片隅に
しまいこんでるものがある

あれは
まっかな月の夜
すこしだけおもいだす……

たぐってもからまる
行きずりの出逢いたち

あの日からこの日まで
おなじわたしが
あるく

ひとは
きゅうに背中の辺りから
あつくかんじるときがある

ひとは

たまに瞳の裏側で
涙こぼせるときがある

子供のままで
いたいよと
こわごわふりかえる……

いつのまにかきえさる
かよわき妖精

朝露にひかる道
おなじわたしが

あるく

ひとは
じつは日記の言葉さえ
つくりばなししてしまう

ひとは
青い歴史のページにも
ひとりよがりしてしまう

なにがほんとうか
しれないけれど

だれかがみまもっている……
嵐の夜もさまよう
陽気な旅人

未来へとどこまでも
おなじわたしが
あるく

おなじわたしが
あるく

いま、嵐のなかで

その夜、ピンで止められた昆虫のように、私の腕は点滴器につながれていた。

嵐の轟音に紛れて、誰かが篠笛《しのぶえ》を吹く音が聞こえて来る
——空耳？

私を病室の外へ誘っているようにも聴こえるが、身動きが取れず、じっとベッドに横たわっているほかない。

怖くなって枕元のリモコンでテレビを点けてみた。

酷暑の中、遠い異国の地で戦う国連軍の兵士達の姿が映

し出された。

病院と戦場、まったく正反対の場所に思えるが、相通じるものもある。

人生とは嵐が過ぎ去るのをじっと待つことではない。

いま、このガラス戸を開けて嵐の中に飛び出し、笛の音に踊る。

空想しただけで、生きる喜びが感じられる。

秘められた生命の力が湧き上がってくるようだ。

嵐の夜にひびく
だれかの篠笛
わたしの心はねむれない

ぬぎっぱなしの靴を
ベッドにかくし
裸足のままあける
硝子ドア

もう雨傘なんていらない
嵐のなかでおどる……

もう青空なんていらない
いま、嵐のなかでおどり
いま、嵐のなかでうたい
いま、嵐のなかでいきるだけ

みだれた髪をたばね
更紗のバンダナ
わたしの心がめざめそう

しおれた霞草を
花瓶にのこし
両手でかかえる

白百合

もう雨傘なんていらない
嵐のなかでおどる……

もう青空なんていらない
いま、嵐のなかでおどり
いま、嵐のなかでうたい
いま、嵐のなかでいきるだけ

嵐の夜にひびく
だれかの篠笛

わたしの心は
わたしも……
しらないことだらけ

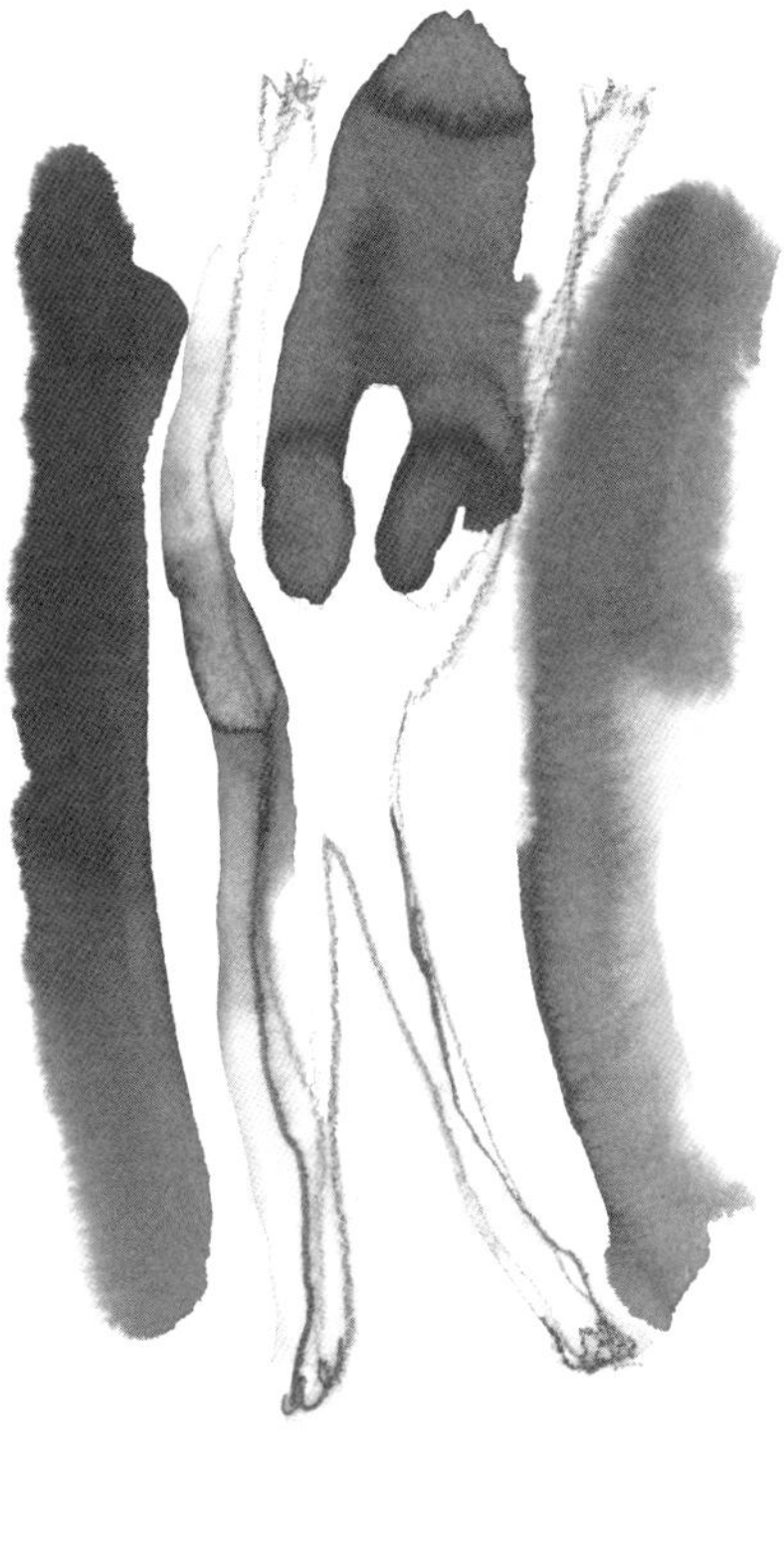

馴れ初《そ》めの丘

アンリ・ルソーの画いた『眠れるボヘミアンヌ』（ニューヨーク近代美術館蔵）という絵がある。

満月と星々が見下ろす荒野の岩の上、一人の女性が横たわる。

放浪に疲れ果てたか、マンドリンと水差しだけを傍らにおいて、杖を握ったまま眠りこけている。

その寝顔を獰猛なライオンが覗き込む。

「匂いを嗅ぐが決して喰いつくわけではない。それは非常に詩的な月の光のせい」

——ルソーは友人への手紙にこう記し、詩人ジャン・コクトーも〈描かれた詩〉と呼んだという。

埋葬死体の素足をライオンが嗅いでいる他作家の彫刻作品から着想を得たらしい。

が、この絵が不思議な魅惑を湛えているのは、昏睡してまだ生きている人間の持つ、無心で受け身の美学にある。

生と死の狭間に置かれた時、人は神々しい光を放つ。

魂の最後の叫びが、獣も、そして月の光や星の煌きさえをも、むしろ引き寄せるのだ。

ながれ
ながれゆく
気ままで自由な風
旅にさそわれても
このままうごかない

いつかかけあがった
この丘
月影にてらされて
来ぬ人をまっている

だしそびれた手紙の

宛名はふるびたけれど
もういちどわたしたい

まちくたびれたら
しずかにねむるだけ
霧雨につつまれても
なぜだかふるえない

いまはくちはてた
この泉
岩陰によこたわり
来ぬ人をまっている

にぎりしめた切符の
行き先はにじんだけれど
もういちどであいたい

夢からめざめたとき
馴れ初めの
この丘で

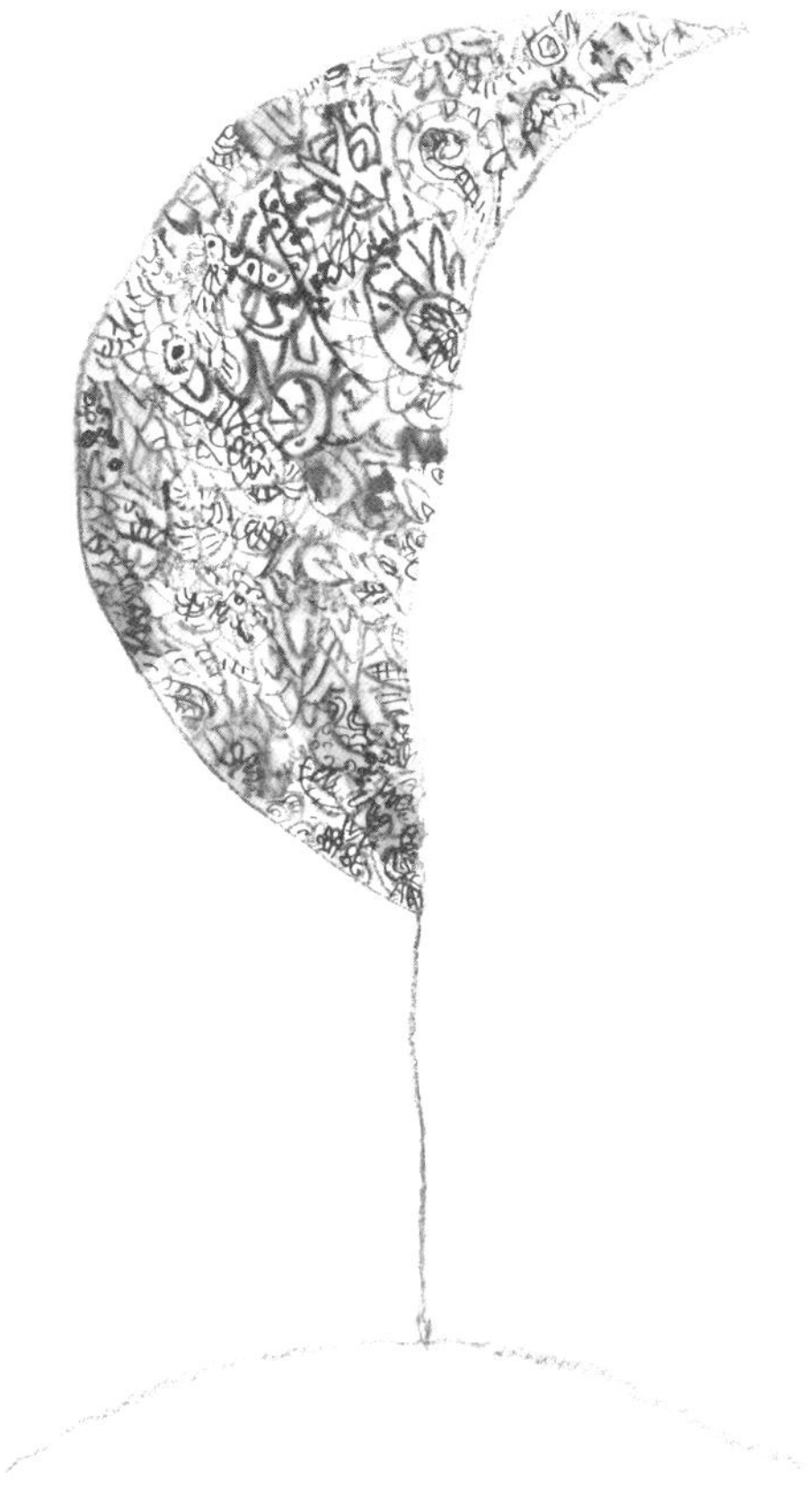

なかなおり

老人ホームの一室——ベッドの母を囲んで、生前葬の真似事をした。

母は半年前に意識がなくなり寝たきりになっていた。

叔母が自分のバッグからカセットテープを取り出し、録音していた詩吟を枕元で聴かせた。

母と二人の妹は詩吟が趣味だった。

と、母の目尻から涙が一筋、頬を伝いはじめ……、ずっと塞がれていた眼を見開くや、妹たちの手を握り返して、泣き始めた。

皆が驚いて見守る中、その場面は何分か続いたが、やがて、母はまた眠りの世界に戻っていった。

数日後、母は亡くなった。

あれは〈中治《なかなお》り〉という生命現象だと、後で知った。

欧米では〈last《ラスト》 rally《ラリー》〉と言うそうだ。

蠟燭の炎も、消え入る間際に閃光を揺らす。

あの時、母はか細い声で何かを伝えようとしていた。

「アリガトウ……コンナニ元気ニナッテ……モウ逝クワ」

そう聞こえた気がする。

――思い出には、楽しいことも悲しいこともあった。

母の涙に流されて、全てがいま一つの箱に納まった。

最後の仲直《なかなお》りが出来たことに感謝している。

うれしくなると
うれしいままに
瞳の奥でほほえむ

森でまってる
眠りの姫が
ここにもひとり

かたりかけても耳に風
夢の中にはとどかない
いまはどんな思い出を
みているの

うつくしければ
うつくしいほど
瞳の奥でかがやく

崖にさいてる
スミレの花が
ここにもひとつ

たったいちどだけ
ほんのひとときでいい
つぎの夢のおわりに
めざめてほしい

かたりかけても耳に風
夢の中にはとどかない
いまはどんな思い出を
みているの

うたいたいから
うたいたいから
瞳の奥でまばたき

だれかの声に
ふりむくときが
なかなおりかな

わたしと
涙……こぼせるときが
なかなおりかな

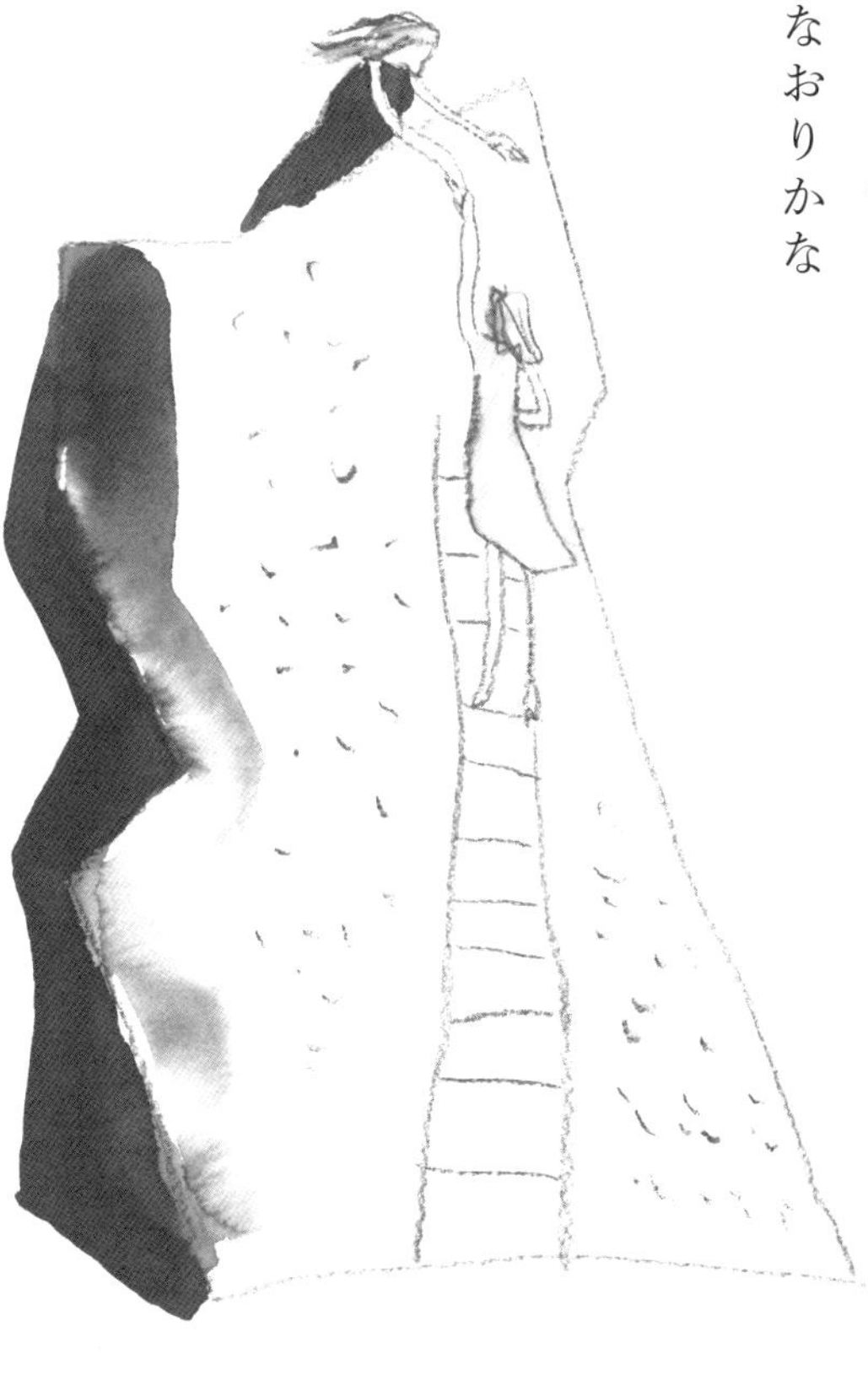

アマガエル

中学生になって迎えた梅雨明けの日、隙間から差し込む

朝の光に目が覚め、思いっきり雨戸を開けた。

外は久しぶりに陽光が溢れ、庭のバラも色とりどりに咲き誇っていた。

サンダルを履いて庭に出てみると、バラの花弁の中に、

なんと緑色の小さなアマガエルが眠っていた。

雨がくれたプレゼント！

急いで部屋に戻り、カメラを持ち出して、すぐシャッ

ターを切った。

後で現像してみると白黒で、少し落胆した。

当時の小遣いではカラーフィルムは高価だった。

しかし、どうしてもカラー写真に撮りたくて、雨が降るとバラの花にアマガエルを探したものだが、結局見つからなかった。

グリム童話の「かえるの王さま」のように、彼も立派な王子になったと思うことにした。

はじめてあった
あのころは
みんなのなかにいた
わたし

あめにぬれても
うれしくて
ずっとわらって
はしゃいでいた

ひとりになると
さみしくて

こころのすみに
かくれていた

ビニールがさの
はなひらく
むなしいだけの
ビルのまち

めぐりめぐって
いきすぎて
あなたにやっと
きがついた

あめがふるよと
むなさわぎ
そらにこいする
アマガエル

あなたのもとへ
いまかえる

ちいさな灯《ひ》

深夜、ようやく一日の仕事を終えてオフィスのドアを閉めようとした時、小さな緑色の灯りに気付いた。

コピー機を消し忘れていた。

室内を見渡すと、壁掛け時計の針も蛍光色を放っている。

微かに秒を刻む音さえ聞こえてくる。

窓ガラス越しに、向かい側のビルに目をやると、まだ幾つかの部屋に蛍光灯が点っている。

立ち動く人影はないが、机や椅子が整然と並んでいるのも見える。

昼間はまったく意識していないのに、夜、部屋を暗くした途端に見えて来た小さき者たち。

瞳を閉じて光なき光を感じ、声なき声にじっと耳を澄ましてみた。

あなたがしまっている
胸のおくの声
だけれどしらずにいる
すてきな言葉

明かりをすべてけして
まっくらにすると
どこかで小さな灯が
かすかにともる

いつもはかくれている
炎がゆれるとき

愛というほんとうの
やさしさにであう

あなたがかざっている
胸のおくの声
だけれどあけずにいる
すてきな想ひ

時計の針をとめて
まっくらにすると
どこかで小さな灯が
ひそかにしのぶ

いつもはかくれている
炎がゆれるとき
愛というほんとうの
やさしさにであう

あなたがだいじにする
胸のおくの声
そしてあけてほしい
すてきな
あなたの心

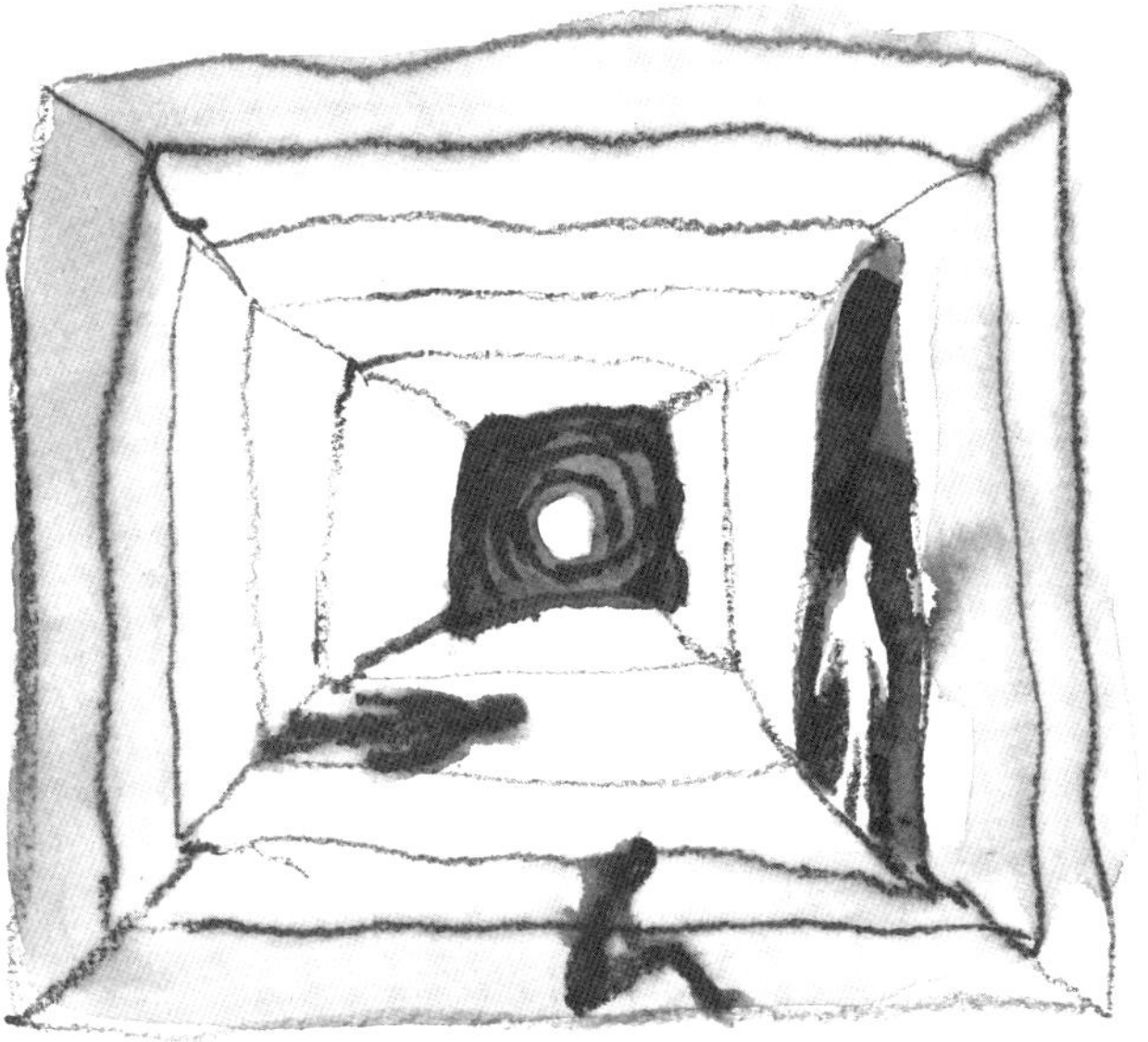

秋のゆりかご

箱根・仙石原《せんごくはら》に秋風が吹き始める頃、緑色の大草原が実はススキの群落だったことに、毎年のように驚かされる。

背丈ほどに伸びた長い穂が淡いブロンズ色に染まり、まだ青い下草とのコントラストも美しい。

日が経つにつれ、一帯はやがて黄金の原っぱと化してゆく。

——誰もいない深夜に行ってみたことがある。

月が煌々《こうこう》と照らし、まるで海原のようだ。

昼間に見る金色ではなく、銀色の波頭がうねりながら風に靡《なび》いている。

波の砕け散る音も、風の戦慄《わなな》きも聞こえず、スローモーションを見るように時間が止められた……まさに異次元空間。

私は溺れそうな気がして、思わずクルマのドアを閉めた。もし大人の子守唄が聴きたくなったら、秋も深まった月の夜、またこの場所に来ることにしよう。

あそびつかれ
日がくれたら
鳥のようにまるくなって
ねむりなさい

ススキの穂が風にふかれ
お月さまでたよと
さそいにきても

夜はいつも
さみしいもの
夢の扉を

ゆらしてあげる

時をわすれ
目がさめても
しばらくはそのまま
うごかないで

モミジの葉が風にのって
お陽さまおきるよと
むかえにきても

朝はいつも

せわしいもの
夢の終わりを
まってあげる

あそびつかれ
日がくれたら
鳥のようにまるくなって
ねむりなさい

雪《ゆき》割《わり》橋《ばし》

福島・阿武隈川の源流にその橋はある。

アーチ式の鉄橋が、深い谷底から五十メートルもの高さに、長さ八十メートルに亘って架けられている。

山々に囲まれた自然空間にポツンと浮かぶ赤い人工物。

雪割橋――なんと幻想的なネーミングだろう。

冬場、辺り一面雪景色に包まれる中、見えない谷底の川が地表の銀世界を真っ二つに分ける。

渓谷には、一筋の黒い生き物が息を潜めている。

この橋を渡るとき不思議な感覚に捉われる。
歩いて一分くらいの距離しかないのに、異なる空間へと導かれていく……。
きっと此処は「結界」なのだ。
聖なる山から俗なる街へ、過去から未来へと、封じ込められていた心を解き放つ境界。
橋を渡ればすぐ向こう側の世界なのに、なぜか歩き出すのが辛《つら》い。
下を向かず、エイヤッと越えねばならぬ時もある。

雪　雪
つもりなさい
こぼれないように
身体をかさねて

架け橋が
しろくなったら
谷の向こうへ
わたっていく

つめたい背中の
ゆがんだ文字も

いっしょにおおわれて
きえる

雪　雪　雪
ねむりなさい
めざめないように
目蓋をおろして

足跡が
ふかくなっても
橋の袂《たもと》へ
すすんでいく

つめたい背中の
ゆがんだ文字も
いっしょにおおわれて
き　え　る

月明かりが
てらすうちに
雪割橋を
こえていこう

雪　雪　雪　雪
きらめく道

根雪

福島の春を告げる〈雪うさぎ〉

——桃の花がほころぶ四月半ば、吾妻小富士《あづまこふじ》の積雪が解け始めると、山裾に残った雪が兎の形に浮かび上がる。

農村ではこの雪渓に春の訪れを知る。

生命の喜びに跳ねる大地のシンボルは、作物の種を播く合図だ。

山全体が青さを取り戻すにつれ、白痕《はっこん》は存在感を増していく。

一か月ほど経つと斑《まだら》模様に変わり、やがては緑一色に包まれて、雪うさぎもいなくなる。

が、山奥には棲み家があると誰もが思っている。

春になればまた現れると信じている。

毎年繰り返される自然の廻《めぐ》り合いとは知りつつも、季節の移ろいに思いを重ねながら日々の営みがある。

雪うさぎは人の心が作り出している。

兎の姿に見えるよう、村人たちは魔法にかけられているのだ。

心の底にある固い根雪も、記憶にこびりついてなかなか消えないが、いつの日か雪うさぎのような喜びに変わるよう、誰もが願っている。

春の日差しがてらす
斑塩《まだらおじお》の山頂《いただき》
きえのこった雪を
弥生の空が
わらう

あとしばらくまてば
若葉めばえる……
なんて
おもってるとしたら
おおきな勘違い
しんじてるとしたら

お人好し

とおいとおい記憶に
かたいかたい根雪が
ほんのすこし
こびりついている

うららかな春でも
とかすことはできない
きっと
わたしそのものだから

しろい冬帽をわすれ
花のこひしい夕暮れ
きえのこった雪を
薄墨色が
そめる

またあしたになれば
朝日かがやく……
なんて
おもってるとしたら
おおきな勘違い
しんじてるとしたら

お人好し

とおいとおい記憶に
かたいかたい根雪が
ほんのすこし
こびりついている

うららかな春でも
とかすことはできない
きっと
わたしそのものだから

春の日差しがてらす
斑塩の山頂
きえのこった雪を
自分と
かさね
いつかわらえる日を
夢みていたい

コウノトリの空

江戸時代に何処でも見られた鸛《コウノトリ》は、〝勝利の瑞鳥《ずいちょう》〟とブーム化した日露戦争時を除き、明治期以降、乱獲、農薬散布、河川改修などの環境悪化で急減した。

一大生息地の兵庫・豊岡市では、昭和の大戦後、市民と行政、農家が一体となり、文化財保護法の下で人工飼育による繁殖活動を推進してきた。

この間、野生種こそ絶滅したものの、平成元年、遂に二十五年ぶりのヒナ誕生に至る。

同十七年には、秋篠宮同妃両殿下（当時）ご臨席の下、放鳥の儀として五羽のコウノトリが大空に放たれ、野生復帰に向けた歴史的な一歩が刻まれた。

「人々が　笑みを湛へて　見送りし
　こふのとり今　空に羽ばたく」（秋篠宮文仁親王）

現在、コウノトリは日本全土で二百羽に達したという。もはや過去とは訣別し、新しい光を求めて翔び立ちつつある。

拡げれば二メートルもの翼を織り成す、白と黒の斑《まだら》模様。喜びと悲しみが交差するかのような、まさに生命の系譜を彩る讃歌そのものだ。

空をもういちど
あしたへはばたく
翼をひろげ
雲をはらい
晴れ間へ

夢をしんじて
贈り物をかかえて
きっといける
ちかいあった街

喜びと悲しみの縞《しま》模様

どうにもならない運命の
悪戯《いたずら》にゆられ
あいしてはあいされる
止まり木にしがみついてきた
きのうが嘘なの

風をもういちど
あなたへとどける
背中をのばし
雨をかんじ
葦辺へ

時をゆるめて
想い出をつなげて
きっといける
恋におちた街

喜びと悲しみの縞模様
どうにもならない運命の
悪戯にゆられ
あいしてはあいされる
止まり木にさよならするのは
こわくなんか
ない

扉をあけよう

毎年三月六日頃を陰暦の二十四節気で啓蟄《けいちつ》と呼ぶ。

陽光を浴び冬眠から目覚めた蛙が地下から這い出して来る。

立春、雨水《うすい》、啓蟄と来て、春分へと続く活動開始のキックオフ。

生き物の体には、地球の自転がもたらす一日二十四時間の〈体内時計〉が備わっている。

それにシンクロできなくなると、目覚まし無しでは起きられず、昼眠く、夜更かしへとズレていく。

逆に早起き症もあるが、どちらも朝の光が体を二十四時間サイクルへとリズミカルに正してくれる。

一方、夜の光はそもそも自然界には少ししか存在せず、コンビニの中の光でさえ体は敏感に反応する。

大きな液晶画面や強い光源を見ただけで、いつのまにか夜型のスイッチが入ってしまう。

現代社会では仕方ないことかと、つくづく思う。

毎朝、太陽の光を浴びるに限る。

光線が強過ぎて目を背けたくなったら、コットンか麻のカーテン越しに光を受け止めよう。

柔らかな光の天使が包んでくれる。

暁と共に目覚め、星の瞬きの下で眠れば、きっと心も体も元気になる。

春がくる
春がくる
心とざす氷が
とけてゆく

そのドアはつながっている
あしたへの小径と

カーテンをかえてみよう
ユリとバラの柄に
青色のデニムチェックが
さびしすぎるから

窓辺に背をもたれて
ながめていよう
くよくよしてたのに
ほらわらっている

あなたのうえに
いやなことは
なにひとつない

あなたのまえに
いらないものは
なにひとつない

陽はのぼる
陽はのぼる
まばゆすぎて
身体が目をさます

そのドアはひろがっている
あしたへの光へ

鳥かごをあけてあげよう
虹と風の空に
ほんとうはとべるよって
わすれないように

らせん階段を
くだっていこう
もじもじしてたのに
ほらあるけている

あなたのうえに
いやなことは
なにひとつない

あなたのまえに
いらないものは
なにひとつない

春がくる
春がくる
心とざす氷がとけてゆく

このドアはつながっている
かがやくあしたへ

よろこびはそこに

庭先のアーチに、つるバラを一本這わせている。

バター・スコッチという名のベージュ色の花で、道行く人から「綺麗だね」の声が聞こえると、つい嬉しくなる。

防虫や肥料やそれなりに作業はあるが、野生種に近いせいか立木のバラより丈夫で、普段は手間がかからない。

厄介なのは年に一度の蔓《つる》の剪定だ。

一月の寒い日、脚立に登り、何メートルにも伸びて絡まった蔓を解す。

余計な枝、弱そうな枝を切り落とし、骨格となる枝だけをシュロ縄で誘引しまたアーチに張り付けていく。

豚皮の手袋をしてトゲと格闘。

因みに、つるバラとは言っても自分では這わない。

生物の体には二十四時間〈体内時計〉に加え、地球公転による〈体内カレンダー〉が季節周期として内蔵されている。

このバラも、後は三月に葉が出て、四月に蕾を結び、ゴールデンウィークの開花を待つのみ。

でも、本当は誰かが密かに近づいて来て、「もう咲くころだよ」と眠っているバラの蕾を揺らしている。

自然はメルヘンそのものだから。

よろこびは
きゅうにあらわれて
ねむっているバラの
つぼみをゆらす

ゆめのなかのひとを
さがしだしてねと
かたりかける

つかのまをいきる
はかなさに
まけないで

はなをさかせてほしい

やさしいほほえみを
うかべながら
ひとみあけよう

こさめのけはい
かんじたら
ほほをすこしもたげて
まぶたよせて
なみだためよう

よろこびは
そこにたたずんで
ぬれているバラの
つぼみをひらく

あきらめずに
まっててよかったねと
そっとささやく

ゆめによりそう
ははおやのように
あたまをなでる

こさめのけはい
かんじたら
ほほをすこしもたげて
まぶたよせて
なみだためよう

よろこびは
やがていなくなり
さいているバラの
はなびらをとじる

ほんとうに
きみはきれいだったねと
かぜにつげる

バラの木をひとまわり
まいながら
きえてゆく

マイ・ラブ

四十余年前、私の結婚披露宴で伯父が謡曲『高砂《たかさご》』を歌った。室町期以降何百年も歌い継がれてきた祝言歌《しゅうげんか》の定番だが、近年は会場を沸かすのを見かけない。

世阿弥《ぜあみ》が、西暦九百年初頭の『古今和歌集《こきんわかしゅう》』の一節を題材に書いた能だ。

九州の神官が上洛の途中、播磨国《はりまのくに》（今の兵庫県）高砂の浦に立ち寄り、松の木陰を掃き清める老夫婦に出会ったところから話は始まる。

——妻は当地の松の精、夫は遠く大阪住吉の松の精。

普段は離れ離れでも、瀬戸内海をお互い舟で往来し、老いてもなお心で通じ合う。

住吉での再会を約し、二人は小舟に乗って沖へと消える。

神官も船で追い、淡路島に差し掛かったとき、その島影を眺めつつ、舳先《へさき》にて彼《か》の「高砂や～この浦舟に帆を上げて～」と謡う。

住吉の岸に着くや、御祭神が現れ出で、月光の下で颯爽《さっそう》と神楽《かぐら》を舞いながら民の長寿と平安を祝う。

日本の古典が結集された不滅の〝ラブソング〟だ。

マイ・ラブ
あいするあなた
朝もやのなかをむかえにきて

マイ・ラブ
あいするあなた
喜びだけを花束《ブーケ》にして

昔のこと
ポケットにしまい
なにくわぬ顔してていい

いつの日にか
子供の声に
幸せの温度かんじたい

なんどでもマイ・ラブ
なんどでもマイ・ラブ
あいするあなた
以前《まえ》きた途《みち》をおもいだして

マイ・ラブ
あいするあなた
銀河の海をおよいできて

マイ・ラブ

あいするあなた
ときめきだけをレースにあんで

未来のこと
タロットにならべ
占いのまねしてもいい

いつのまにか
白髪ふえたら
幸せの輪舞《ロンド》つたえたい

なんどでもマイ・ラブ
なんどでもマイ・ラブ
あいするあなた
寄り道せずにもどってきて

かぎろひ

「東野炎《ひんがしののにかぎろひの》立所見《たつみえて》而反見為者《かへりみすれば》月西渡《つきかたぶきぬ》」

（柿本人麻呂《かきのもとのひとまろ》、飛鳥期六九二年頃）

言葉のふるさと『万葉集』に収められたこの歌は、長く人口に膾炙《かいしゃ》され日本人の心を揺さぶってきた。

奈良・阿騎野《あきの》の地を舞台に、時の皇位継承の儀礼的意味を込めて詠まれたとも解されている。

最もミステリアスな箇所は〈炎〉の字の読み下しにある。〈炎《かぎろひ》〉とは一体どのような現象を指すのか。

ゆらめく陽炎《かげろう》か、まばゆい旭日《きょくじつ》か、そびえたつ黄道光《こうどうこう》か。

そのいずれであれ、冬の明け方、朝日が昇る寸前に山の端からレーザービームが天空へと放射される……そんな荘厳な光景を想像してしまう。

もっとも、江戸期に賀茂真淵《かものまぶち》が冒頭のふりがなに訳出する以前は、ずっと〈炎《けぶり》〉（仙覚《せんがく》・鎌倉期）と読まれていたそうだ。

煙より光の方が、夜から朝へ切り替わる一瞬を激写していると感じるが、未だに人麻呂の見た物が何だったのかは究明されていない。

パズルが気になって十四文字を呪文のように唱えたら、見えないはずの〈炎《かぎろひ》〉が泉のように溢れ出てきた。

水にゆれる
街の片隅で
これからは二人して
くらしたい

色のあせた日記の
頁をめくると
あの日のみんながあそぶ

炎《ほのほ》　炎《けぶり》　炎《ほむら》　炎《かげろふ》　炎《かぎろひ》

都会の独り芝居は

おわりにして
ガムシャラな生き方
もうすてよう

雨にぬれた夜の
草むらをふめば
足もとに蛍の灯《あか》り

炎《ほのほ》　炎《けぶり》　炎《ほむら》　炎《かげろふ》　炎《かぎろひ》

あんなにこだわった
こともわすれ

ささやかな幸せを
だきしめよう

朝日まぶしすぎて
ふとめざめたら
あなたの足音がした

炎《ほのほ》　炎《けぶり》　炎《ほむら》　炎《かげろふ》　炎《かぎろひ》

こぼれた雫《しずく》も夢も
はてない泉のように
いつかはみちてあふれる

その時をまちこがれている
その時をまちこがれている

結びにかえて

悲しいとき、苦しいとき、私たちの側《そば》にはいつも〈歌〉がある。

折しも、今回のウイルス疫禍では、大勢で集まって歌えないことから、やり場のない気持ちがさらに沈んでしまった。

外出制限されたイタリアの街で、女性がアパートの窓を開けて歌ったところ、連鎖反応のように隣家の人々がバルコニーに出て歌い継ぐ光景が報じられた。

歌でつなぐ人の輪、一斉の唱和が街中に響いていた。

家並みや文化の違いもあって、わが国で同様の動きとはならなかったものの、感動を分かち合った人は多い。

苦境に置かれるほど人はなぜか無性に歌いたくなる。

ある研究によれば、原始の時代、ホモサピエンスは歌で威嚇して猛獣に立ち向かったと分析されている。

長い牙も鋭い爪も持たず、一人ひとりだと体力負けする人類は、仲間たちと輪になって標的を取り囲んだ。

皆で鼓声《こせい》を響かせ、歌いながらその輪をジリジリと狭めていく。

そして、狙った獲物がたじろいだところで一斉に襲いかかる。

沸き起こる鬨《とき》の声と熱狂トランス！

こうして「人は歌で進化した」（ジョーゼフ・ジョルダーニア、メルボルン大学教授）という。

歌はそもそも愉しみを求めて生まれたのではなく、熾烈な生存競争を勝ち抜くための戦いそのものだった。

だから、恐れや悲しみで弱くなった心も、歌は支えてくれる。

歌うことは生きることなのだ。

昨今、イヤホンやヘッドホンを耳につけ、音楽を聴きながら行動する若者で街は溢れている。

いつも音楽に触れていたい習慣はそれとして、耳を塞いで外界からの雑音を遮り、内なる声を反芻している。

マスクで感染を防ぐのと同じように、音楽という衣か鎧《よろい》をまといながら、現代なりのストレスから身を守ろうとしている。

心の殻を抜け出すためには、声を響かせて奮い立つことがやはり必要だ。

自分の声に初めて出合った日の赤面など忘れ、他人の歌も聴かなくて良い。

イヤホンを外し、ハードウェアのスイッチを切り、自らの歌で〈炎《かぎろひ》〉の扉を開けてみよう。

北門 笙　きたかど・しょう

一九五三年名古屋市生まれ。

幼少時から作文や詩作に親しみ、学生時代は萩原朔太郎、西脇順三郎ら現代詩人に影響を受ける。金融界に身を置く中、不惑の年を迎えた時に歌の世界に出合い、詩作を再開。

現在は、オペラの普及活動をライフワークにしながら、心癒される大人のための子守唄を求めて詩の創作を続けている。

著書に、詩集『ひふみよ』（ポプラ社）、絵本『松の子　ピノ』（小学館）、詩集『失うことの意味』『ふたつなき道』（小学館スクウェア）がある。

かぎろひ

二〇二一年三月一一日 発行

著者 北門 笙

発行者 井澤彩野
発行所 蒼土舎
東京都目黒区中目黒
三－六－四－二階 ハンナ内
発売元 株式会社 ハンナ
電話 〇三－五七二一－五二二二
印刷 株式会社サンニチ印刷

※定価はカバーに表示してあります。